让世界近看内蒙古

黄河之滨 包头

石玉平 主编
姜苇 著
尚永强 摄影

内蒙古出版集团
内蒙古人民出版社

跟我去

黄河之滨

包头

佛

秦长城
85
固阳县
113
达尔罕茂明安联合旗
新宝力格草原
黑山头
希拉穆仁草原
普会寺
百灵庙
178
白云鄂博
五当召
198
石拐区
美岱召
208
土默特右旗

白云鄂博矿区
达尔罕茂明安联合旗
固阳县
石拐区
昆都仑区
青山区
九原区
东河区
土默特右旗

心飘忽不定，被万物所奴役，或悲或怒，难能平息。在空旷的草原之中，顿悟到空的真谛，空不是什么也没有，而是来去自如、了无牵挂。缘从缘来，缘亦从缘去，每一个缘都是一种恩赐。

草原使我的身心皆得到了解脱，我想，也许有很多人同我的收获一样，才因此而迷恋这一片空旷的。一次次向草原走来，一次次洗涤灵魂。

前言

往往，人们因为必须要生活在习惯里而不快乐，那么，不活在习惯里就会获得真正的快乐。走向别处，随快乐起舞。

草原的魅力，绝不只是一片绿草、一片蓝天、一朵白云、一个旷野那么简单，你怀揣着什么样的心境，就会得到什么样的深邃；你报以怎样的心性，就会获取怎样的顿悟。这空旷，舒展向远方，目光有多远，心境就有多大，我极目四望，尽力拉展着心境，让心铺满草原，吸取滋养，解读草原而豁然开朗。

草原的魅力，不止是它的空旷，能读懂草原，却要看自身的体会了。你能在空旷中看见什么？你能在空旷中感受什么？在这样单纯的画面之中，是否能同样将你的灵魂洗涤得如此这般纯净？这就要看你带着怎样的心，来看草原了。

草原以它的宽广著称天下。草原城市，隐藏在草原的闻名遐迩之中，暗香流动。

如果你以为内蒙古只是一片碧绿的草原，那一定错了。草原上依然有林立的城市，极富现代气息，带着绿色的翅膀腾飞。

而最为典型的城市，应该算是包头了。

草原明珠，曾听人这样称呼包头。

于是，我期待能亲睹这颗“明珠”的风采。

而在草原上，体会城市味道的感觉是很特别的，它像引航灯，用最直接的语言告诉我这片土地的繁华，张扬地显现着草原经济的发展。

这是一座被芬芳与纯净包围的城市，理所当然地拥有独特的气息。

这是一座耸立在旷野之中的城市，理所当然地彰显王者风范。

这是一座滋养于草原的绿色城市，理所当然地令人荡气回肠。

期盼得太久，就会亦幻亦真了。对于我来说，包头这座城市是有梦幻色彩的。车轮的启动，带着我渐渐掀开这座城市的面纱。

我，向包头走去。

黄河之滨包头

包头昆区

相传，13 世纪，成吉思汗西征大军途经九峰山，遇见一只美丽的梅花鹿。成吉思汗便骑马追赶，追至茂林，不见了鹿的身影，却在一块青石板上清晰地看见了梅花鹿的图案，大汗惊叹“神鹿”！并脱口而出“包克图、包克图”。大汗命人抬起青石板，却见下面清泉而出。

从此，这块宝地泉水淙淙，芳草凄凄，滋养了勤劳淳朴的人们在此安居乐业。

这个美丽传说，据说就是包头名字的来源。

“包头”是蒙古语，译为有鹿的地方。所以，包头又被称为鹿城。

包头市，是由昆都仑区—青山区—东河区—九原区组成的，周边还有最北面的达尔罕茂明安联合旗（人们习惯叫为达茂旗）、白云矿区、石拐区、土默特右旗、固阳县五个旗县区。

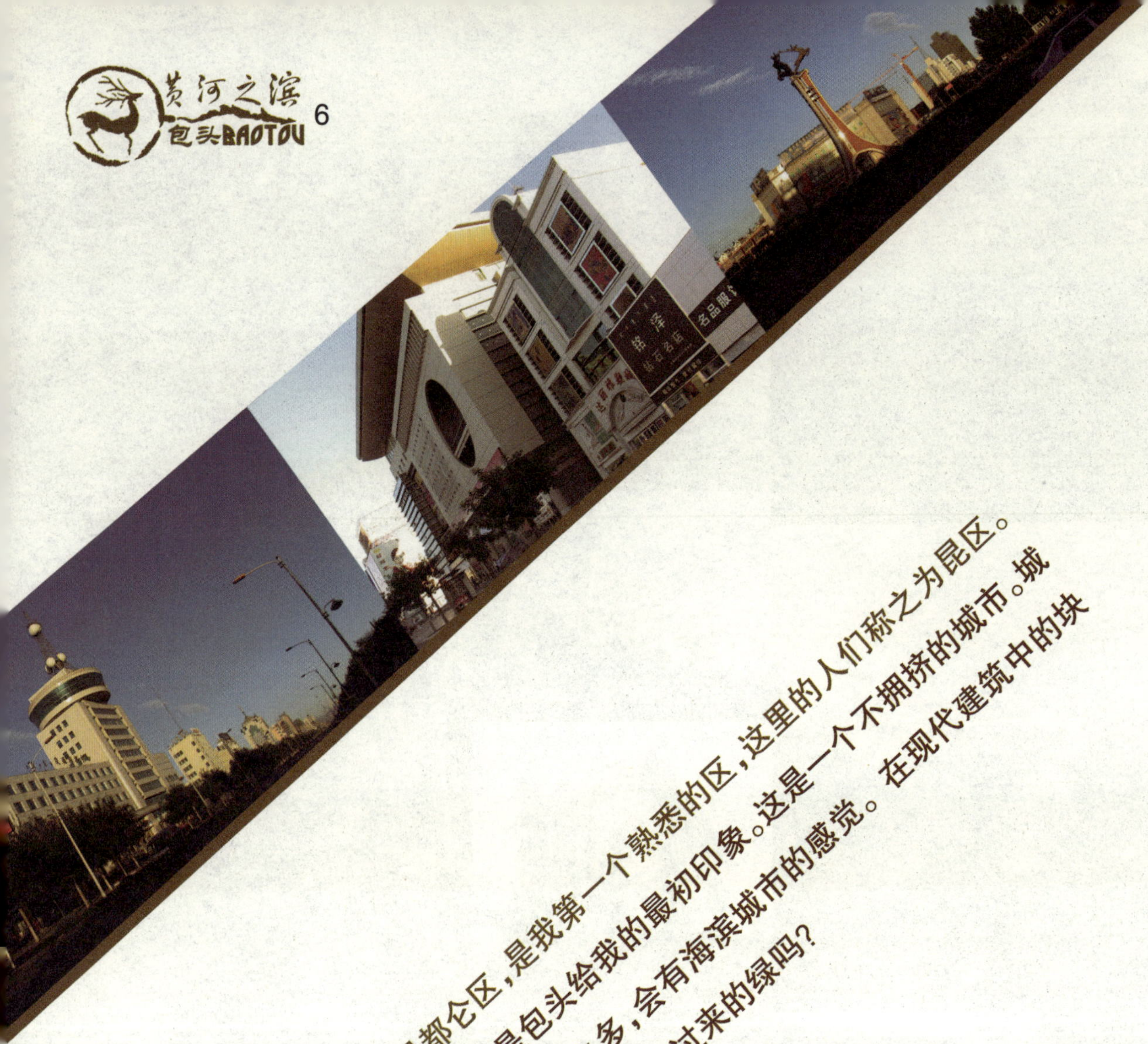

昆都仑区，是我第一个熟悉的区，这里的人们称之为昆区。舒展，是包头给我的最初印象。这是一个不拥挤的城市。城市里绿化面积之多，会有海滨城市的感觉。在现代建筑中的块块绿地，是草原流淌过来的绿吗？

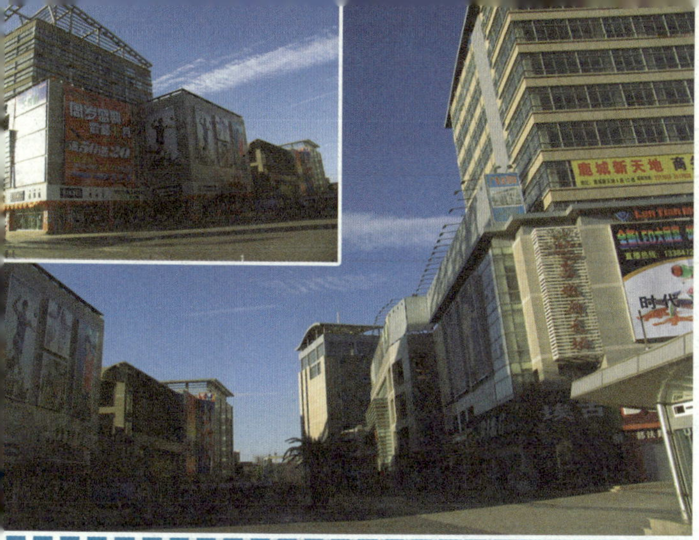

钢铁大街

否则，它怎么会如此清新、如此浓郁？

市政府

包头市政府就坐落在昆区。昆区是一个新区，街道整齐宽广，极具大都市风范，中央主街的名字很有意思，叫“钢铁大街”。第一次听说，感觉这条街硬朗得似乎会发出金属的光泽，但街两边装点的花草，给这硬朗以妩媚，城市的温馨跟这铿锵的名字怎么也联系不上。原来，包头素有草原钢城之称。这条钢铁大街的西端，就连着包头钢铁集团有限责任公司。

包钢，是一个颇具规模的企业，或者也可以说其是自成体系，不但有自己的医院、学校，还有其他生活相关的很多企业。最为可爱的是，包钢人的口音也是独具特色的，不同于其他区，甚至和昆区人的口音也是不同的，时间久了，一开口就能听出来是包钢的人。听说当年建设包钢时，来了很多东北人，一代代相传，形成了自己独特的说话方式。

你也许很难想象得出钢铁厂厂区的气势与规模，各种管道从我身边上下左右地穿行，高炉在我眼前气势恢宏地耸立，简直就像到了一个用钢铁铸就的城市。

包钢集团
BAOGANG GROUP

导游给我们每一个人发了一顶安全帽，带着我们去无缝管生产车间去参观。当一根根粗粗的、烧得通体红红的圆柱体从高炉里出来的时候，一股热浪袭面而来。圆柱体差不多有六七米长，被固定在一个床体上，对面一个圆圆的柱子，迎面快速地冲打着，一声脆响，瞬间穿过圆柱体，圆柱体被拉长成十几米，一根无缝管做成了，很神奇吧？

我置身于这壮观的画面前，只有一个表情：瞠目结舌！

包钢，是不可不看的经典。

包头给我另一个很特别的印象就是广场很多，广场，是包头妩媚而多情的眼睛。鲜花簇拥，生机盎然，一个个大小不等的喷泉显现着活力。点缀着包头的刚毅，竟有那么多柔情。

在市政府的北面，有一片很大的东西方向的绿地，称为阿尔丁植物园。我来到这里时，一股清凉夹着潮湿迎面而来。阿尔丁植物园里有很多种类的树木，长满了整个园区，或粗大，或细小。里面修建整齐的小路，婉转回旋，小路上偶尔的落叶，像是跳动的音符，活跃着园子里的气氛。

这里修建了很多供游人休息的地方，一个人工湖，湖水竟清澈见底。很多亭、小桥，独自风情万种地坐落着。天然的树木、人工的景致，浑然天成。漫步园中，呼吸着清凉，一片树木隔绝着城市的烟尘，过滤着心中的尘埃，让清新溢满心怀。

阿尔丁植物园

阿尔丁植物园面积之大，是很难步量的，不知道边缘在哪里。伴着满园的香味，悠悠然漫步其中，任弯弯的小路带着我走向前方。

也许，在紧张的城市生活中，需要一个安静的空间，让心得到休息，让复杂的思绪得以梳理。回归自然，是最好不过的选择。而自然，会接纳所有的情愫，安抚所有的心灵。

幸福的是，这个自然的空间，就在我的身旁，伸手即可触摸，无须跋山涉水，无须远走他方。

我在林间漫步，闻着绿色浓郁。

似曾相识燕归来，小园香径独徘徊。

时隐时现的弯弯小路，如我弯弯的心境，我弯弯的心境，陶醉在这弯弯的小路。

已是华灯初上，夜色渐渐袭来，城市便晶莹剔透了。点点金光下，富丽堂皇，拥揽着富贵，就连空气中，也仿佛渗透了淡淡金色。金色浓郁时，地面上也泛起了碎金的光。

打开街灯，夜开始不一样了。

没有灯红酒绿，似乎就显现不出现代城市生活，包头的夜晚，是和霓虹灯分不开的。都市的夜，活跃着年轻的心，那夺目的霓虹灯下，是前卫青年探索的先锋阵地。

或在飘摇中摆动身体，似乎想甩掉烦闷。这个特殊的空间有一股很神秘的魔力，很容易让在场的每一个人融入其中。

或在温馨舒适又隐秘的私人空间享受音乐、享受美酒、享受高品质的服务，以及享受夜生活的简单、释放与迷失。

美酒酣浓，有风度地醉去。

霓虹灯，在城市的夜晚宣泄。

而对于包头的夜晚，我是有着独特记忆的，一丝酸苦、一丝忧愁，这感觉，都来自关于一个朋友的记忆。

多年前，包头的好友巴特大学毕业了,巴特回到了包头工作,大学时交往的女友飞往日本留学，两个人隔山隔水,开始了相思之旅。

那个年代，网络还不是很普及，沟通最直接的方式，只有通过越洋电话了。而午夜后，电话费会减半，为了能和女友多说些话，巴特总选在午夜后给女友打电话。偶尔，打过电话后，他会召集些好友去吃烧烤。一次，我看着巴特拿着啤酒，闭着眼睛唱着歌，我感受到了他的相思之苦，他用啤酒溶化着浓浓的相思愁绪，慢慢地在午夜麻醉自己。那本该享受多彩人生的年轻的心，被离愁充盈得愁绪四溢。爱情是伟大的，是不可小视的！

巴特说，他勤奋工作，业余时间也利用起来给朋友们帮忙换得些报酬，所有的收入，几乎都用来打电话了。他憨憨地笑着，夹着酸苦。他和女友的感情是很深厚的，这是朋友们有目共睹的，而我们只能默默祝福他们终成眷属。

终于有一天，我听到消息，巴特办好了所有去日本的手续，他们要团聚了。送别时，我看见巴特眼睛里闪着期盼的光，那一刻，他是甜蜜的。

我再次见到巴特时，已是很多年后了。巴特和女友分手是在他到日本半年后，他说旷日持久的异地恋，在距离的隔阻下，竟然那样不堪一击，在他眼底，依然清晰可见当时的痛楚。漂泊多年，巴特说他要回家了，回到包头继续他最初的生活，他说，故土难离。

根在哪里，哪里才是家。

夜晚的星，在漆黑的天空中闪亮。

包头，

是否也如同这颗星，在草原上闪亮？

黄河之滨包头

包头青山区

青山区，西与昆区毗邻，东与东河区相接，是一个环境优美的区。这里容纳着很多大型重工企业。青山区的方言几乎和普通话没有太大的区别。青山区有自己的商业区、生活区、工业区等。从感观上看，更像是一个独立的城市。街道的整齐，传承了包头市的特点。

文化路是青山区的主要街道，这条路贯穿东西，横跨整个青山区。天上的流云和地面的嫩绿，交织出一片清新洒脱，在楼宇间蔓延。

青山区和昆区的建筑几乎交融在一起，很难辨别究竟是在哪里划分开的。

小时候，人人都有自己的梦想，而我到现在还做不完的梦，就是和军人相关的。所以，我来到了**北方兵器城**。

北方兵器城其实也是一个供人参观的兵器广场，里面摆放了很多大炮、坦克等，炮筒整齐地指向同一个方向，英姿挺拔，威风煞人。

北方兵器城

朋友带我参观北重的车间，机器轰鸣，上空悬浮的双轨滑车，来来回回地在我头顶上穿梭。一个车床上正在翻转着车一个很长的管子，转速之快，让我眼花缭乱。

这么大的车间，竟然异常整洁，地面上刷着绿色的油漆，一尘不染。偶尔有几个工人在清理着不多见的钢屑，钢屑呈螺旋状，发着七彩的光，很漂亮，拿在手里却很坚硬。里面整齐地摆放着各种管子，上面的标签清楚地说明胚料区域、成品区域，还有正在包装的区域。

很遗憾我没能进到生产坦克的车间，我站在了重型装载机装备的地方，没有比较，是很难说清楚它的巨大的，我面前的车轮足有一人多高，可想而知车身的庞大。我欣赏这些制造辉煌的人们，被巨大所震惊。

不是亲身经历，很难想象在蔬菜大棚里吃饭的感觉。一个蔬菜大棚改造的餐厅，基本保留着大棚的原貌，真的土、真的菜、真的花、真的草，品尝天然美味，感受还沾着地气的食物。

味道能唤起我很多记忆，每每闻到曾经熟悉的味道，我便会又回到那时。我曾经独自在小巷里穿梭，寻找熟悉的味道，让它帮我回到过去，追寻过去的踪迹。也是对味道的记忆，帮我找回了很多即将忘记的、或久未谋面的过去。

味道，是索道，又是轨迹，是我过去与现在的桥梁。因此，我偏爱着小巷里似曾熟悉的味道。对于我来说，那就是生活。

张中杰，是我的好朋友，她住在青山区，也是这里土生土长的本地人。我们一起聊天，讲起了很多关于儿时的记忆，她说小时候，住在平房里时的印象最深。那时候，每天快到母亲下班的时间，她和姐姐就会在院子里边玩边等母亲回来。等到母亲回来时，每次都是先看母亲的包，期待母亲从那里拿出来什么好吃的东西。张中杰说，那时候吃一根冰棍，都觉得那么幸福。我看见她的脸上没有丝毫杂质的笑，那么温情、那么幸福，完全融在记忆深处，我被她感染了。在我的脑海里，是一个个画面，如同，我在其中。

张中杰有很多画画的朋友，虽不经常，却偶尔相聚，畅聊释怀，这些人热爱艺术，从最初的单纯的喜欢画画，渐渐成长为用画画作为手段，默默地宣扬着草原文化的艺人。他们或拮据，或默默无闻，或小有成绩，或才华横溢，都那么执着地坚守着自己的信念，坚守着对于草原文化的追求，坚守着对家乡的深爱。没有信念，是不可能继续前行的，我敬佩这些有信念的人，也敬佩草原文化的魅力，它给人以方向，在广阔中不会迷失，它给人以坚韧，不会轻言放弃。

画面，是一个展示内心世界的平台，是一个还原感知的具体。我浏览着一幅幅内心世界，多姿多彩，百味人生。

我把最真诚的祝福，寄予这些为本土文化事业坚守的人们，愿你们的汗水，浇铸出一条璀璨的民族文化之路。

青山区通往东河区的路，名为建设路，途经九原区。成吉思汗生态园就坐落在这条马路一侧，这是一处城市草原，浓缩了草原文明与草原文化。

我没想到这浓缩后的草原竟然也那么壮观，站在里面，关于草原的所有情思，都是可以寄予的。

蒙古包式的圆顶子，

是成吉思汗的象征。

门前屹立两旁的骑士，手拿兵器，高大威武。走在其中，一股气势盘旋周围，须仰视才能看见骑士的面容。

散落的蒙古包，

或在草地上，或在丛林间，像飘浮在地面上的云。

高昂着的苏勒德，凝聚着一种民族精神，审视着辽阔的碧野，审视着斗转星移，见证草原的兴衰。

硕大的敖包，寄托蒙古族人美好的心愿，佑福草原上生活的子民。

小路崎岖，洒落过多少人的情思？如今这情思可否也同花花草草一样，扎根、生长？

那么，每一棵小草，是不是也含情摇摆？

黄河之滨包头

包头梅力更召

梅力更，蒙古语，是“聪明、智慧”的意思。

我不知道这一片有山有水的风景区，为什么取这样的名字。

梅力更召，是一个没落了的藏传佛教寺庙，也是藏传佛教唯一用蒙古语诵经的寺庙。曾经的辉煌，现在只能在斑驳中寻找。

这里有山有水有瀑布，当初选址在此建召庙，说明此处一定是风水宝地。如今这块宝地，依然山峰耸立，有清澈的泉水流淌，瀑布倾泄而下，在巨石间拍打。山水依旧，人事两非。

人们在山水间跳跃，欢笑声回荡，可否有人驻足，打量那曾逝去的所有？山水无语，无声地迎合今天的欢笑。

逝去的悲情岁月，是冲刷不走的沉淀。

东河河道纵向景观

黄河之滨包头

包头东河区

东河区，是包头市的老城区。

包头的发展，晋商发挥了很重要的作用。具有代表性的是山西的乔家，“先有复盛公，后有包头城”此之谓也。电视剧《乔家大院》中多次提到的包头，指的就是现在的东河区。

从西脑包大街进入东河区，一眼看去，延用历史文脉建成的贵发山庄，不仅是一个记载乔贵发创业包头、发迹包头、在包头挖掘第一桶金的旧地，而且是人们回顾晋商文化在老包头留下的商旅印迹与弘扬晋商文化的现实载体。目前，乔家旧址正在建设完善中。

泰安客栈，因为王若飞曾经在此居住、从事革命活动而建成了纪念馆。听说，王若飞从苏联回国后，直到他被国民党逮捕，一直居住在这里。

人们为了纪念这位英雄，精心地保留着他曾经用过的物品，如简单的笔墨，简朴的衣物等。我的思想跨越空间，仿佛可见，深夜里，王若飞在秉烛写书，昏暗的灯光下露出坚毅的面孔……

房屋很小，且低矮。这样的简单，熏陶着非凡的思想。院子里阳光如此灿烂，照亮了所有，一切都注入了活力，不再苍白。

我曾以为，在内蒙古地区的寺庙，都是藏传佛教寺庙。当朋友说带我去吕祖庙时，我没细想就上路了。

看着路上的行人和宽敞的街道，我游走的思绪再次落定时，突然想到，吕祖？不就是“八仙”之一的吕洞宾吗？

大雄寶殿

天王殿

转眼已经来到了吕祖庙，我走下车来，进入视线的却是“妙法禅寺”，不是吕祖庙吗？怎么来到了这里？朋友说，妙法禅寺就是吕祖庙。

吕祖庙是汉地佛寺，所谓吕祖，指的是吕洞宾。寺中大殿里供奉的是吕祖像。每年的四月初八，释迦牟尼诞辰日，吕祖庙就会举行大规模的庙会，吕祖庙实际上是一座佛、道兼蓄的寺院。

汉地佛教寺院，建筑风格是中国古典建筑的代表，飞檐翘角，斗拱回廊，古朴中不失精湛。

为什么会在这里建一个这样的寺院呢？关于这个，包头民间有一个美丽的传说。

吕洞宾采风水到达这里，看见这里地势特殊，景象很不同于其他地方，认为这里是风水宝地，于是很想建一座寺院。为此，在这里显灵，下凡到了人间，为人们治病解忧。人们感激他的恩德，便为他修建了一座寺，供奉他的像，传于后世，以示敬仰。

吕祖庙的香火至今也很旺，来这里烧香膜拜的人络绎不绝。香炉里，终日香烟缭绕，盘旋于寺中，更增添了些许仙气。

吕祖庙，好像是在云雾间飘摇的海市蜃楼，又或是天宇楼台。

光緒二十三年孟夏月 穀旦
轉龍藏
包鎮公行重修

包头又称**鹿城**，当年鹿群究竟出没在包头的什么地方呢？朋友告诉我，在一个叫转龙藏的地方。

转龙藏位于东河境内，
留宝窑子河岸。

转龙藏是佛教语。据说当年一位从西藏学经回来的禅师，路过这里，看见这里水草肥美，于是在此建造了寺庙。寺庙的大殿里，有一个八棱木质藏经塔，木塔中心底部有一个龙形木轴，转动木轴，僧人就可以随心所欲地取到经书。僧人就把这座寺庙取名为“转龙藏”。

如今的转龙藏，寺庙已经没有喇嘛了，现在被附近的烈士陵园占用。听说不久后将要重新修建，恢复寺庙的旧貌，这个消息无疑是让人很欣慰的。

三个还汩汩冒着泉水的泉眼，水质清冽。人们把泉眼用雕刻成龙头的饰物装饰起来，泉水便从含珠的龙嘴里流出来。

泉水旁，很多早起的人们拿着水壶来这里装水。水是地下水，含有很多矿物质，人们已经习惯几十年如一日的来这里打水喝。

因为有泉，所以有河。水在城中，人水相依。

当时就是因为这里环境宜人，慢慢人口聚集，逐渐形成村落的吧？这是包头最初的雏形吗？

转龙藏以它独特的魅力
在历史的长河中焕发异彩。

福地清凉别有天，
蒲团净业好参禅。
一尘不染浑忘俗，
唯听涓涓响瀑泉。

大雅斋

东河区和平路上，有一个规模很大的古玩市场“大雅斋”。

“大雅斋”源于慈禧太后书房的名称。慈禧与内蒙古的渊源颇深，曾在呼和浩特度过少女时代。

大雅
DA
YA
ZHAI

浴海湾
洗浴 桑拿
客房商务
佰樂迪
KTV

街上霓虹灯点亮了，东河的夜晚竟如此闪烁、如此繁华。琳琅满目的橱窗被灯光点亮，酒店里高朋满座，迪厅、舞厅、酒吧、咖啡馆遍布全区。

走上和平路没多远，一个高高的门楼上写着“大雅斋古玩市场”。

院子不是很大，当院摆放着奇石和旧家具等大件古董，四周店铺的玻璃窗上贴着“玉石字画”等字样。一家经营文革纪念品的店铺，使我好奇地走进去。

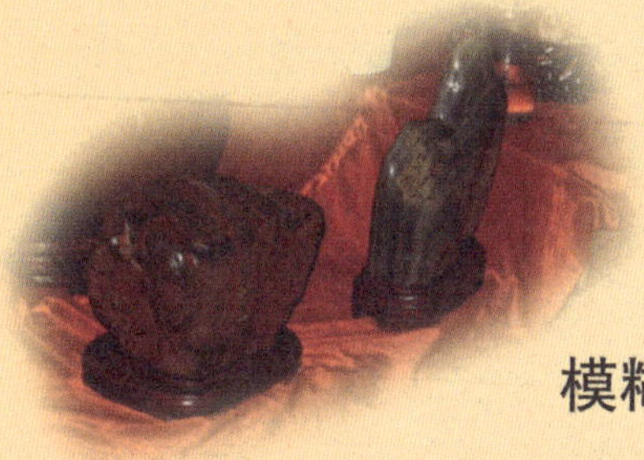

模糊的记忆仿佛顷刻间变得清晰了，我看着这些似曾相识的物品，心里竟是难言的滋味。与店主聊了一会儿才知道，大雅斋，是全国二十家最大的古玩市场之一，在这里，曾经出现过乔家经商的印章、宋元时期整套的铜砝码、官窑名瓷、天然奇石济公像等，轰动一时。

古玩，也许是牵系久远的一条丝带吧？也许不止是你我，也或许很多人都曾为逝去的久远寄以深情，通过把玩这条丝带，情牵远方吧？

历史，或急或缓，不停歇地流淌，任怎样地深情拥抱，都不曾挽留，这难免使我哀伤。无力的手臂，牵不住前行的步伐，在我眼前点点流逝。

既然是老城区，理所当然地沉淀着最厚重的文化，而这厚重，在炊烟的缭绕中，在高低错落的屋檐下，在雀燕的叽喳鸣叫中，也或许，每一个眼神的掠过，已把深情播下，使得这厚重充满灵动。

东河，是独具魅力的。

黄河之滨包头

包头固阳县

由于修路，我们走的便道。颠簸，终于在我看见不远处，平坦之上的凸起而结束。

那是大仙山。

大仙山距离固阳县城只有十几公里，在县城的西北方向。

走近大仙山才发现，其实山并不是很高，也许是因为周围的地势平坦，才显得很高。但是，大仙山与别的山不同，它是由很多巨石堆砌而成的。石块大小不等，棱角浑圆，像被打磨过一样，所以，因为石的缘故，使得山的造型很独特。

一整块巨石上面，刻着很多像是字的图案。我不禁伸手去摸，看不懂上面镌刻的到底是什么。于是很急于知道这图案究竟是什么意思，朋友告诉我，还没有人能破解这上面的内容呢。我很失望，却增添了更多的神秘。这石头上的镌刻，被人们称为“天外奇书”。

关于天外奇书，有一个美丽的传说。

相传，有一位仙人，名字叫康悦。他不食人间烟火，赤心诚诚，多年在此处修行。他一边苦读天书圣经，一边为人看病。年复一年，康悦的道法、神功也日胜一日。求仙、讨药、占卜者络绎不绝。人们称康悦为大仙，为他在山上建了一座庙，庙里香火终日缭绕。

康悦为民治病，行善积德的事越传越远，终于被玉皇大帝知道了，于是派神仙把康悦招进天宫，封为慈善神。

不知道是什么时候，人们发现了石头上的文字，有人说，这是康悦的经文，他用神功，把经典的锦句刻于石上，用来教化后人。也有人说，这些字是请康悦进天宫的神仙留在石头上的，他把康悦的功绩记录在石头上，流传于人世。

人们往往把美丽的愿望加于传说之中，延续着对美好事物的憧憬，使传说越发美丽动人，完美无缺。

从大仙山的上面看，山的半山腰处，有块酷似一刀劈成两半的巨石，断裂处呈九十度角张开，断裂面很是平坦。平坦的石面上有一座小庙，婀娜的烟缥缈，那是人们祈福的愿望，在空中随风而舞。

大自然因为神奇而充满魅力。

我站在山顶，望向远处，四周平坦的草原，没有一块类似这组成山体的石头。我不知道，这群石头为何独立存在，好似从天而降，找不到一丝有关来历的痕迹。

在浑圆中穿行，爬过一个很是曲折的石沟，要低很深的腰，或者需要爬行才能通过，这是人们所称的仙人洞。身材瘦小的人也会很吃力地从仙人洞里穿过，可是身材魁梧健硕的人也一样会穿过仙人洞，很神奇吧？我在其中穿行时的几处狭窄，我曾想过，再大一点的身材恐怕就不会穿过去了，可是事实却并非我想的那样。

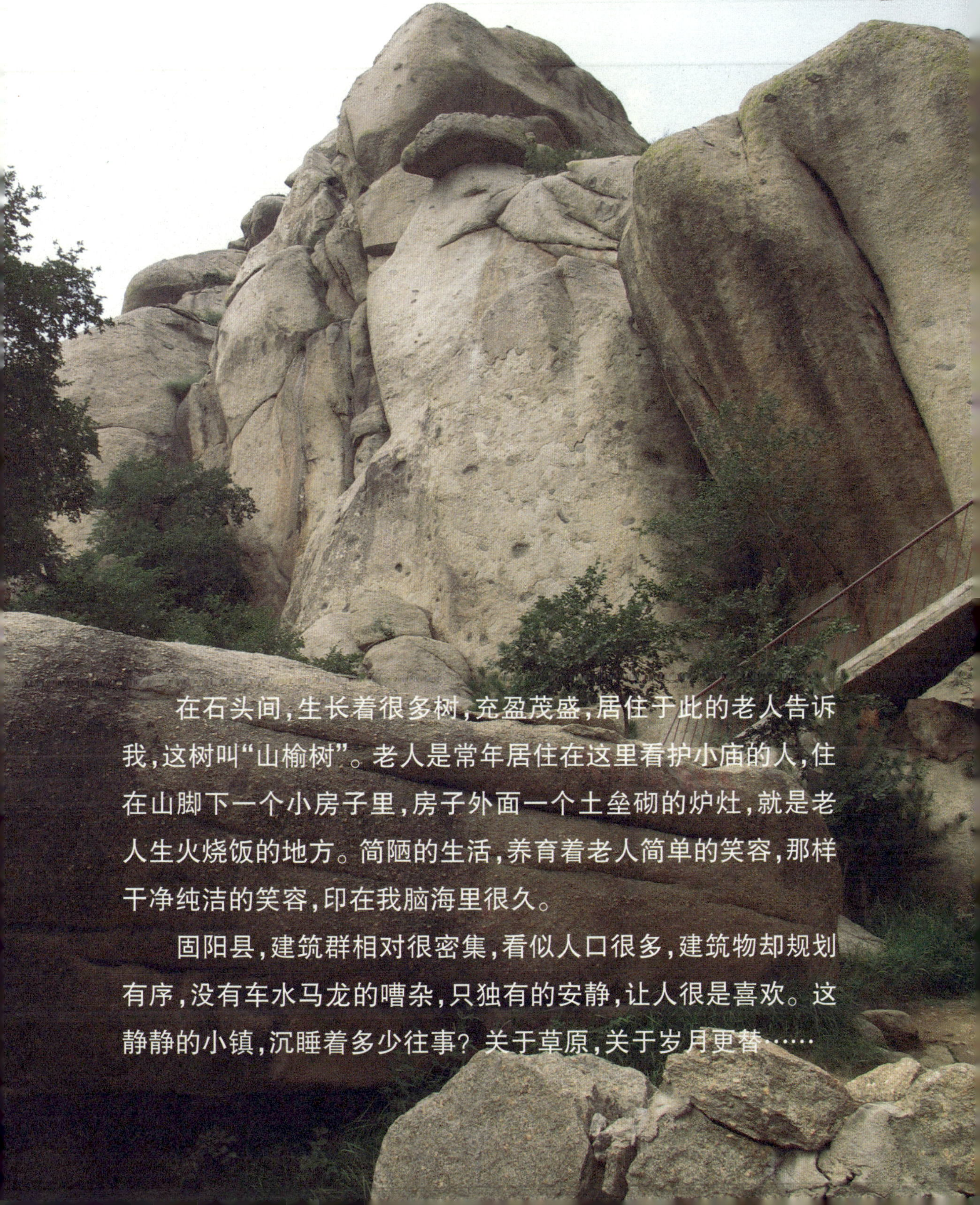

在石头间，生长着很多树，充盈茂盛，居住于此的老人告诉我，这树叫“山榆树”。老人是常年居住在这里看护小庙的人，住在山脚下一个小房子里，房子外面一个土垒砌的炉灶，就是老人生火烧饭的地方。简陋的生活，养育着老人简单的笑容，那样干净纯洁的笑容，印在我脑海里很久。

固阳县，建筑群相对很密集，看似人口很多，建筑物却规划有序，没有车水马龙的嘈杂，只独有的安静，让人很是喜欢。这静静的小镇，沉睡着多少往事？关于草原，关于岁月更替……

秦長城

在固阳县的东北方向，差不多三十公里，那里，沉睡着北魏北方六镇之一的怀朔古镇遗址。古镇已经消失殆尽，只有城垣的痕迹，它的兴衰都只有后来的我们寄以想象了。风吹来，可会吹送给过去？可否带着我的心情回到从前？

长风浩荡，忽而聚拢，忽而分散着天上的几缕白云。

战国时期，赵武灵王在赵国的最西边，设了九原这个建置，这就是最初九原的来由。随着历史的演变，如今九原带着沧桑矗立在包头一隅。历史的痕迹几乎完全被覆盖了，九原区外表更像一个朝气蓬勃的年轻人，步伐坚定。

秦长城，像一条蜿蜒的巨龙匍匐在山峦间，它清晰可见是因为在汉朝时，汉武帝曾派卫青修缮。这交纵的历史，如我匆匆的脚步，匆匆走过。

蒙恬将军，是修建长城的人，他率领三十多万大军修建了这个军事屏障去抗击匈奴。人们把将军像安放此处，注视着他辛勤浇注的成果，向未来走去。

硝烟散尽，这条巨龙下蕴藏着多少悲欢离合的故事？

小时候，就听说孟姜女哭长城的故事，今天，我竟然站在了故事里的长城之上。低旋的风，徘徊不去，似诉说，似哀怨。

长城脚下，有一排石头垒砌的屋，据说是早些年驻兵的营房，现在石屋已用来接纳游客住宿、吃饭。

莜面，是这里的特色饭，颜色要比白面黑一些，搓成一个圆筒状，或者是一个个条状，然后用藤编的笼屉蒸熟，沾着调好的汤吃，味道很特别。

夜晚，窗外的星星还忽闪忽闪的没有倦意，撩拨着我打开门，站在夜幕中，望着黑暗里隐约的长城轮廓。寒意抚着肌肤，渐渐渗透身体。此时的长城，恢复了巍峨，飞扬跋扈，怒目而视，在夜里，隔阻我的目光。我赶紧回到石屋，闭上眼睛，睡了。

达尔罕茂明安联合旗

在包头的最北面，就是达尔罕茂明安联合旗，与蒙古国接壤。

新宝力格草原，就在这里。在这里，大地的颜色是绿的。那美，那辽阔，那安静，穿行其中，草原之路仿佛可以把我带到天边。

偶尔的牛羊，点缀着一碧千里，苍茫浩渺，气魄摄人。

绿，天之蓝，水之清。

雨后，空气被洗得干净，每一次呼吸，都带着湿润沁透心肺。我沉醉，我眷恋，我用掌心轻抚着还湿润的小草，试图寄以深情，归还我久久的梦想。

而凝聚成河的水滴，在我梦想处流淌。

黑山头，是由发黑的石头和发黑的土质组成的，看似不高的山，爬上去却还是很吃力的。当我气喘吁吁终于登上山顶时，眼前景色的辽阔让我的心情一下子飞跃了。

黑山头最吸引我的就是岩画，简单的线条，勾勒出逼真的形象，活灵活现，仿佛带着生命，印刻在石面上。古老的印记，拉近了时空，远去的似乎也不是那么遥远了。苍天依旧，绿草依旧，只是换了审视的眼眸。

我听说，岩画是和当地人们的生活习俗有关系的，少数民族多以狩猎为生，所以岩画表现狩猎的内容就居多了。

山下面草地上，开满了小花儿，小巧娇艳，柔弱的花茎，好像风一吹就会折断。花儿是淡紫色的，朋友说这个花儿的名字叫“咋蒙”，谁也不知道这花儿的学名是什么。

这花儿被晾干后，用油炸，作为调料，味道很香。我突然想起来吃过这种东西，虽然被油炸后颜色很黑，吃起来味道的确香得特殊。让我没想到的是，那黑黑的东西，竟会是这样美丽的花。

在无际的草原上，时时会看到用大小石块累积起来的巨大的石堆，巨大的石堆矗立在草原上，鲜艳的神幡如手臂般召唤着远方的牧人，这就是敖包。

牧人每次经过敖包，都要在敖包上放几块石头；客人每到敖包前，一般都要按蒙古族习俗顺时针绕包三周，同时心中许愿，并在敖包上添加石块以求心愿得偿。一般都扔 3、6、9 块石头，带表六六大顺或吉祥之意。

夜晚，在一个蒙古包里就餐。大块大块的羊肉，就着大碗大碗的酒。是酒醉人，还是肉香醉人，或是这里盛情的人们醉人？

在马头琴声里，泪流满面，那是心底的深情被唤醒的泪水，那是愈装愈满的思念。

草原的夜，与篝火相伴。篝火衬得夜色更黑，篝火边笑语的人们，释放着同我一样的情感吗？手拉着手，围着篝火一圈圈地旋转，是不是凝聚奔放的情意，把爱相传？

火星在篝火四周飞溅，仿佛是来人间游玩的星星，调皮地闪烁。

在我眼前的星星越来越模糊了，我睡着了。睡在草原上，身体与大地那样亲近，地上的绿草伸手就能触摸。梦里，少有的纵横，草原的辽阔使我的梦境愈发宽广了。

小时候，我看过一本小人书，名字叫《草原英雄小姐妹》。那是一本彩色的小人书，我曾跟着小姐妹笑，跟着她们哭，跟着她们着急，至今，儿时的那种情绪还记忆犹新。

现如今，我来到了书中的故事里了。

这个故事，就发生在新宝力格草原上。

也许是小时候的记忆深刻，所以，当我看见这块如绿毯般的草原时，竟从心底感到亲切。像是分别后的重逢，又像是来到了儿时的梦中。

刺眼的阳光，强化了我的梦幻。我恍惚着走向龙梅玉荣的旧居。

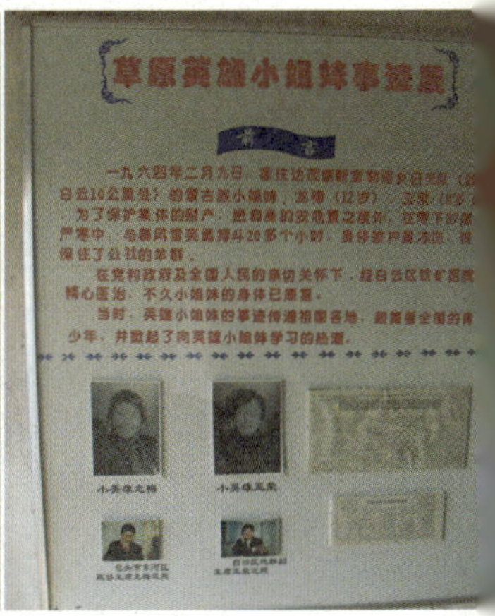

低矮的小土屋，和一个不是很大的院落。一扇小门，通向里面的房屋。屋里摆放着姐妹俩当年曾经用过的物品，墙上挂着介绍两姐妹当年的康复照片，还有一些文字介绍。最欣慰的是，我看到了姐妹俩的近期照片，看着她们的笑容，我默默地祝福着。

1962年的冬天，姐姐龙梅11岁，妹妹玉荣9岁。一天，草原上阳光明媚，姐妹俩赶着八十多只羊在草原上放牧。上午十点刚过，天气突变，狂风夹着大雪席卷草原。羊群惊慌失散，四处逃窜。为了不使集体财产遭受损失，姐妹俩奋不顾身地跟着羊群在寒冷的草原上奔跑了五十多公里，历时二十四小时，才把羊群聚集在一起。饥饿、寒冷、疲惫使姐妹俩晕倒在雪地上。等到被人发现时，姐妹俩早已经冻得失去知觉，只剩下一丝微弱的气息，而羊群却安然无恙。

妹妹玉荣因为年纪小，追赶羊群时又跑丢了一只靴子，冻伤很严重，导致右腿膝盖以下被截去，左脚趾全部被截掉，后来依靠假肢才能站起来行走。

姐姐龙梅左脚大脚趾冻坏截去，其余的脚趾全部变成软骨，现在只能凭借脚掌走路。

这个我童年就读过的故事，令如今站在这些图片前的我，仍然泪眼婆娑。图片上，那可爱的小姐妹，那稚嫩的模样，使我心生爱怜。

草原是不同的。

正如年老的牧民们信奉的那样：每一座山、每一条河都有独自的灵魂。于是，它们被赋予不同的名字，试图描绘那种不同。

新宝力格，汉语译为“新的泉水”。我想，也许是因为艾不盖河发源于此而得名吧？

希拉穆仁，汉语译为“黄色的河流”。源于希拉穆仁河。

希拉穆仁草原，就是孕育这条河的草原。

希拉穆仁草原位于达茂旗的东南部，距离包头市区大约一百多公里。骑马驰骋草原是我很久的梦想，终究不能实现的原因，是因为我胆小，每次骑在马背上，我都会全身紧张，失衡的恐惧挥之不去。所以，马背上的飒爽英姿，我只能看着别人一个个实现了，很惭愧。

你见过草原上的瓢泼大雨吗?这是别样的一种震撼!

乌云密布,没有一丝缝隙,疯狂的雨柱模糊着天地间的轮廓。雨柱打在柔弱的小草身上,来不及抬头,又是一次的碰砸,小草摇摇欲坠,使人担心那细嫩的茎,就此折断。大雨,像是嫉妒了天的湛蓝、草的新绿,联合着乌云覆盖了全部,肆虐地蹂躏着这纯净而鲜明的色彩。于是,天地间混沌了,被一种灰雾笼罩了。来势汹汹,不可阻挡。我眼前变得浑浊了,不再有绿意盎然,不再有蓝得透明,就连那白云,也变了颜色。

雨，在此时，似乎笼罩了世界，一望无际的灰雾弥漫，无边无际。我的睫毛上，一滴滴的滴落着雨水。

有人说，下雨天，记忆是深刻的。我站在雨中，努力尽量远望，记住这种我第一次所见的壮观。以往，雨在我印象中是缠绵的，是最富有情调的渲染，而今，雨在我眼里，却变了模样，凶猛、威武，丝毫没有了旖旎之色。

草原的景色是充满阳刚之美的，就连雨，也不同于江南的风情无限。同样的雨，落在不同的地域，竟描绘出不同的画面。草原上的雨，也是富有阳刚之气的。

雨中的我，湿了衣裳，却换了心境。

大雨渐渐平息了怒火，雨丝温柔了，天空也灰亮了许多。此时，雨似乎宣泄了愤怒后，变得调皮了，时时敲击着小草的身体，一下一下的，小草偶一抬头，又被雨滴敲弯了腰。雨就这样撩逗着小草，顽劣如童。

明媚再一次笼罩草原时，那感觉就是一个字：新！新蓝的天空！新绿的草地！新鲜的空气！新白的云！

天地间换新了所有，心情也换新了。我用一双新的眼睛，贪恋地浏览着这一片新天地。

聆听雨音，我坠入了不愿醒来的梦境。雨音，如空心古琴，似长练破空、金戈铁马的痕迹里，偏偏荡漾着水样的柔情。

雨后，我把草原的新鲜装满了心情。

希拉穆仁草原，我在雨中记住了你的模样。

和希拉穆仁草原说再见了，片刻的相会，我能否感受到你独特的灵魂？你给予我的，可否只是万花丛中一片花瓣？而这片花瓣，在我心境中，起伏飞舞，久不凋零。

小草悄悄绿了草原，小花，悄悄为绿了的草原，穿上花衣。

情执是苦恼的原因,放下情执,你才能得到自在。

草原，养育着草原儿女，几经传颂不息的人有很多。如今，我来到了普会寺门前，来这里看望我心中美丽的姑娘——三公主。

三公主名叫阿刺海别吉，是成吉思汗的三公主，也是成吉思汗女儿们唯一的一位监国公主。

普会寺，是席力图召的避暑庙。席力图召的第六世活佛，为了报谢皇恩，修建了此庙。请乾隆皇帝赐名时，皇帝赠一匾，上书“普会寺”而得名。

希拉穆仁，也叫“召河”。“召”是蒙古语，译为寺庙的意思。希拉穆仁河畔，就是普会寺，因此，人们把希拉穆仁又叫为召河，是和普会寺紧密相关的。

公元1227年8月，一代天骄成吉思汗逝世。成吉思汗生前选择了第三子“窝阔台”继承汗位，但由于各部宗王意见不一，等到窝阔台真正即位时已是1229年。而在汗位空着的这两年，就是由三公主履行了监国公主的摄政职责，掌管国家的军政事务，并在这两年间，将各种事务处理得井井有条，使汗位平稳地交予窝阔台。

据说，三公主不但才华横溢，而且非常漂亮，也是成吉思汗生前最为宠爱的女儿。成吉思汗把她许配给汪古部首领的儿子。汪古部首领和其子被杀害时，三公主带着一家人成功脱险。后来她掌握军国大政，协助蒙古征金、西征，权力极大，也尽显她的才华。三公主是蒙元历史和汪古史上一位伟大的女性。

阿索伦木城，当时就坐落在希拉穆仁草原上，是汪古部的首都。三公主去世后，人们为了永久保存，把她放在石棺里。但是随着阿索伦木城的衰落，三公主的墓也被毁了。

如今，三公主静静地躺在普会寺后面的一个地下室里。骨骼清秀，身高有 170 左右，高挺的鼻子，大大的眼窝，依稀可见往昔那如花的女子模样。

香魂消散处，空留一副傲骨。

苍天赋予生命如此美丽，竟是为了生命之后那无尽的思念吗?苍天赋予美丽的生命如此多姿,竟是为了殆尽时不舍得情愫吗?草原博大,可否装得下这满满的思绪?风儿婉转,可否带着香魂的芳菲,呢哝于草原间?

消散的,终须消散,徒劳满怀思念,添了愁绪,少了乐境。

注意防火

百灵庙，呵呵，又一个庙。

百灵庙镇，是达茂旗政府所在地。

这个镇，楼宇林立，色彩鲜亮，很具现代风格。但是，在这些现代气息的背后，蕴藏着厚重的底蕴。离小镇东北方向30公里处，有一个古城遗址，考古学家已经证实，那是元代赵王城遗址。汪古部曾几代被封为赵王，所以称赵王城。

镇中的百灵庙，建于康熙四十二年，即1702年。寺庙建成后，康熙赐名“广福寺”。由于当时是贝勒主持兴建的，所以百姓都称为“贝勒庙”，汉语译为“白林庙”。久而久之，人们就改成了“百灵庙”，取人杰地灵、百灵相助的吉祥之意。

百灵庙在历史的变迁中，曾遭受过很多破坏，现在唯一保留完整的是一个大殿。百灵庙是藏传佛教寺庙。

每一个藏传佛教的建筑，都是很相似的，只是那气氛的围绕，了却了不同的心境。

院落中散落着的用具，斑驳的表面，刻画着岁月的痕迹，却掩不住器具原有的精美。这精美，就在草原的一个角落，默默存在着，任时光荏苒。

风铃，在忧郁地奏响。

花果山，位于百灵庙镇的西北面。

我们从百灵庙出发时，淅淅沥沥地下起了小雨。行进了大约一个多小时，看见路旁一个半截墙，上面写着“花果山东门”字样。我很是疑惑，为什么叫这个名字。

任何一种起伏，对于广袤的草原都能在平坦中隐藏。花果山，就是其一。等我来到山体近前，我才感受到，其实这山，还是有一定高度的。

匆匆的脚步，使得我到现在也没弄清楚，为什么有花果山之名。

丹崖怪石，峭壁石峰。峰头处，却似一峰骆驼在远眺。

雨越来越大了，寥寥可数的几十棵榆树在雨雾中若隐若现。我们从公路上下到了土路，奔向不远处的花果山。当我们把目光都集聚在花果山时，下面的路面上的雨水，已经汇集成河，流向低处，却也湍急。我们要横跨过这瞬间形成的小河，车身明显的有些横滑，车内一片唏嘘。我的手不由得抓紧了手柄，事实让我明白，看似的平坦，其实也是有高低起伏的落差。终于跨过了小河，随着山的临近，树木也多了起来。这时候，雨知趣地停了，视野顿时明亮了起来。

我眼前，被水洗过的山体，湿漉漉的，透着一种清新，混合着石头的气味。可否是迎接我的到来，清洗出一片清新？尘埃落定，我的心境竟然也清新了。我眼里所见着突兀的石头，贪婪地嗅着这湿漉漉的味道。我感受的一切，都如此地清洗我的心灵。

雨后的清新，妩媚了田野，如出水的芙蓉，千娇百媚地欢迎着来宾。

巨大的怪石高耸着，堆砌一片巍峨。布满青苔的石面，装点了生机，石缝间伸出的是灌木和劲草。高耸的石壁，把小路变得很是狭窄，更像步行在一个沟底。路上粗糙的沙砾，也许是风，也许是雨，从山体上滑落而至形成的。左右两边巨大的主峰，对峙而立。主峰到了，路也没了。尽头一汪浅水，在新的阳光下波光粼粼，星星点点的碎光，晃动着，不由得让我眯起了眼睛。

主峰下面据说有一个水帘洞，可惜大门紧闭，我们无法进去寻找孙悟空，哈哈……

山外面，一群骆驼悠然地不知道从哪里踱着方步而来，刚才下雨时，它们在哪里躲雨？十几个洁白的蒙古包，雨后显出一片新白。

等我们再次踏上公路时，回头望去，花果山已经消失于茫茫旷野，如同海市蜃楼，已是无影无踪。花果山，你是我希拉穆仁草原上的一次奇遇，正如人群之中，苍天安排的美好姻缘。

白云鄂博，蒙古语，译为“富饶的神山”，是历史上蒙古游牧民的神山圣地。

白云鄂博——草原上一座突起的神山，数十里外就能望见。这里就是著名蒙古族作家玛拉沁夫的《草原晨曲》电影剧本创作的发祥地。

“白云宝格达”，蒙古语译过来就是富有和神圣，宝山因敖包而得名——白云鄂博。

不知从什么时候开始，山里有宝的说法在民间广为流传。草原上人们崇敬祭拜的敖包，更为这座宝山平添了一层神秘。

白云鄂博位于包头北部，地处阴山山脉的乌兰察布高原，距离包头市大约有150公里的路程。

而白云鄂博，一定要从丁道衡说起。1927年，这位29岁的青年，在极其偶然的情况下，揭开了宝山白云鄂博的秘密。

我们虔诚地肃立在丁道衡先生的塑像前，寻觅着一段珍贵的往事。

1927 年春天的北京，一则关于西北科学考察的消息，吸引了不少人的目光。引发这件事的是一个名叫斯文赫定的外国人，他是一位著名的瑞典探险家。此前他曾数次来到中国，而这次来是准备到中国西北的内蒙古、新疆等地进行科学考察。为此他同当时的北洋政府农工商部达成了一份秘密协议。

当时谈的结果就是，他们采集的所有地质、古生物，甚至文物标本可以全部带走。一旦中国有了研究条件以后，再还给中国一个副本。而且中国这两个人只是陪他们到新疆，他们的任务就是与地方政府接洽。

这件事经报界披露后舆论哗然。1927 年 3 月 5 日，以北大考古学会、清华大学研究院为首的十多家学术团体联合成立了中国学术团体协会，推举刘半农等著名学者为理事，并在几天后发表宣言，坚决反对“斯文赫定远征队”掠夺我国文物和科学资料的企图。双方几经协商最终就西北考察一事达成了新的协议。其中关键几条包括此次活动由中外双方学者共同组成，更名为中瑞西北科学考察团，并由中方派出人员予以监督，所获文物、化石等的主要标本必须留在中国等等。

西北科学考察团1927年秋离开包头，左起第一人为丁道衡

所以当时参加谈判的刘半农开玩笑地说，这是中国第一个翻过来的不平等条约，但这是他的一个玩笑话。现在目前学术界公认的，这个协议是中国现代科学史上的第一个平等条约。

1927 年 5 月 9 日，西北科学考察团由北京出发沿平绥铁路前往当时的绥远省，即今天的内蒙古自治区。这支考察团共有团员 27 人，其中就有后来发现白云鄂博铁矿的青年学者丁道衡。

第二天考察团一行抵达此次考察的出发地包头，并在这里设立了总部。考察团在包头购置了大批的物资，同时也招募了一批随员。1927年7月2日，他们到达白云鄂博山脚下。在夕阳的映照下，白云鄂博那独有的青黑色的山峰引起了丁道衡的注意，那山峰仿佛有某种神秘的力量在召唤着他。第二天一早，丁道衡就离开驻地独自一人向白云鄂博进发。经过仔细辨认，其中有不少是含量丰富的铁矿石。

随即丁道衡将这一重大发现写信通知总部。当时就有人预言“此地要成为中国一个很大的富矿源”。在接下来的几天里，丁道衡对白云鄂博的主矿区做了一些初步调查，最终认定这是一个大型的铁矿床。丁道衡在发现白云鄂博主矿后，曾采集了一些矿石标本。这些标本伴着他辗转西行，回到北京时已所剩无几了。后来他把这些矿石标本交给了在北京地质调查局工作的同学何作霖，请他做进一步地分析研究。

何作霖把这些从白云鄂博采集而来的矿石标本制成薄片，放在显微镜下逐一观察。忽然，一种奇怪的现象引起了他的注意。对这些以白云鄂博矿石标本里提取出来的物质，何作霖还用光谱分析等各种手段做进一步分析，最终得出结论：白云鄂博的矿石里含有极为珍贵的稀土元素。1935 年他在发表这一研究成果时，分别将这两种稀土元素命名为“白云矿”和“鄂博矿”。1937 年 7 月 7 日，日本侵略军炮轰芦沟桥，发动了全面侵华战争。芦沟桥事变之后日军进逼华北，绥远地区大部分沦陷。白云鄂博这座宝山成为日本帝国主义妄图掠夺的重点。有资料显示，从 1939 年到 1944 年的 5 年时间里，日本人至少组织了十多次对白云鄂博的地质调查。丁道衡发现白云鄂博之后的 20 多年里，这座宝山究竟拥有多少储量一直是众说纷纭。直到新中国成立之后，国家派出了一支代号为 241 的地质队，对白云鄂博进行了一次全面而详细的勘探之后，这个谜底才告揭晓。

1949年底，新中国成立刚刚两个月，全国地质工作会议就在北京召开了，在这次会议上，白云鄂博这座宝山再次吸引了众多的视线。1950年5月18日，第一批241地质队员安全到达白云鄂博。5月23日开始地质队的正式勘探工作。当地的牧民们十分惊奇地看着原本荒凉的草原及山丘上插上了一面面的小红旗，操着南腔北调的人们，忙碌着测量和绘图。有一天当他们看到地质队员们在白云鄂博山上树起一个高大的铁家伙，并让它发出巨大的轰鸣声时，他们甚至想骑马跑开。

1953年对241地质队的队员们来说，是极为重要的一年。白云鄂博铁矿的地质普查工作已经完成，接下来就需要对它进一步做详细勘探。于是，大批的人员从祖国的四面八方汇聚到白云鄂博，由苏联制造的新式钻探设备也运到了这里。

30多台钻机昼夜不停地开动着，探寻着宝山深处的秘密。这次大规模的白云鄂博堪探取出的所有岩芯都要经过仔细地分析化验。由此获得的数据，经过仔细审核后将被送往苏联，为苏联专家制定白云鄂博矿开采设计计划提供重要依据。这份报告被称为新中国的第一份地质报告，是241地质队历时6年才完成的。可以说这份报告凝聚了共和国第一代地质工作者的心血和智慧。它对白云鄂博铁矿的储量、成分等都做出了详尽地描述。

“弹指一挥间”，半个世纪过去了。昔日高耸的白云鄂博宝山已经变成一个巨大的矿坑，开采出来的铁矿石源源不断地被送往包钢，为中国钢铁、稀土工业的起步、发展和壮大做出了巨大的贡献。

在白云鄂博铁矿成立的五十多年间，还有一种力量是支撑着它越走越好，那就是蒙汉精诚团结的情谊。

“白音敖包”坐落在白云铁矿的主峰之上，是达茂旗公祭的敖包。在牧民心中，这座敖包是神灵寄托所在，是神圣不可侵犯的。

而矿床的露天开采，必将要损坏这个敖包，于是政府做了大量的说服工作，直到牧民同意迁移敖包，而迁移敖包，是在当地历史上没有过的事。在整个过程中，勘探队丝毫没有伤害民族情感的举动，也深深地打动了当地牧民。

白云布拉格上，晶莹涌动着的泉水，被牧民视为圣水，为了采矿的需要，牧民做出了奉献。随着开采规模的扩大，水源严重不足，牧民又奉献了第二个水源——塔令公水源。牧民把供给矿区的水源，看作自己的牛羊一样珍贵，任何一个牧民发现水源的输送管道堵塞时，都会主动进行疏通。

蒙汉兄弟的友情在天长日久中慢慢加深。1962年，草原英雄小姐妹龙梅玉荣在暴风雪中严重冻伤，就是在白云鄂博医院中得到了抢救和悉心照料，稳定了伤情。五十多年来，白云鄂博矿区为周边的苏木、嘎查等地疏通了电、筑路、修建自来水、电视转播等等，无偿地提供了人力、物力、财力等帮助，还经常捐助受灾的牧区。

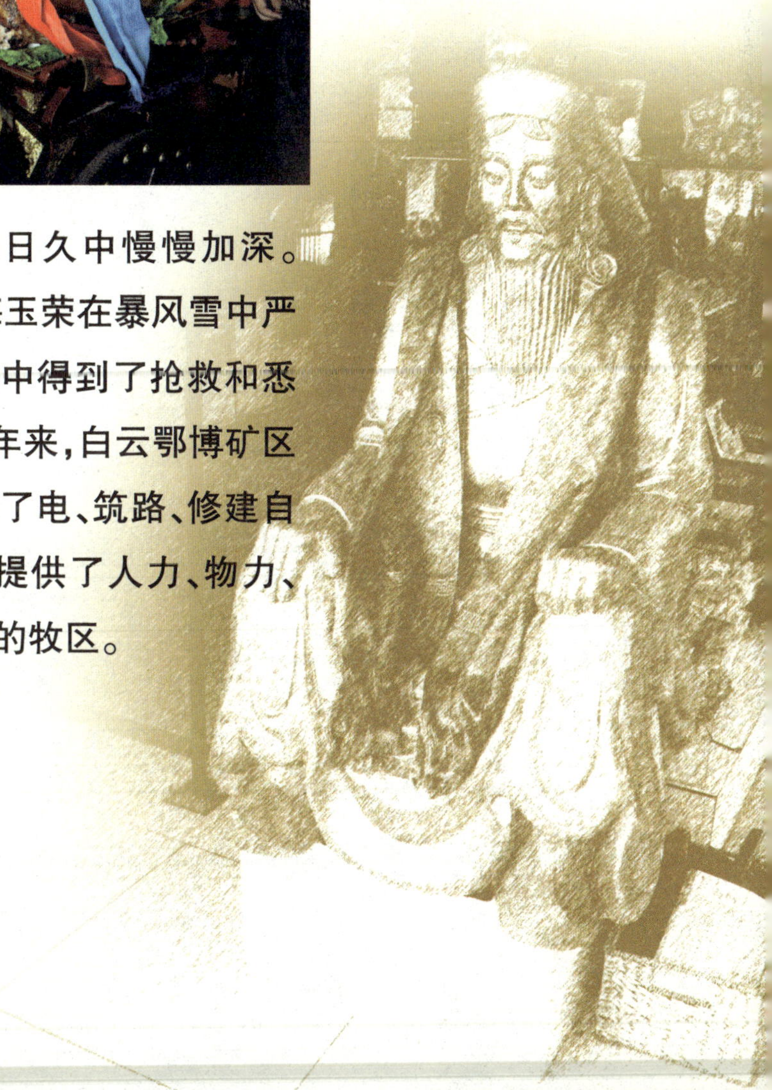

白云人热爱生活，更热爱矿山，坚忍不拔、顽强拼搏的“铁花精神”代代相承，植根在白云人的内心深处，构成了白云的企业文化精神，在这种精神的感召下，凝聚人心。

是谁用雄浑的歌声唤醒了沉睡的大漠/是谁把美丽的传说变成金色的收获/是谁哟/是谁哟/用哈达般的深情托起了大山的巍峨/白云鄂博请你告诉我……

最初听见这首歌，是我的好朋友吴炯烨先生唱的，曾经，为歌词深深地感动。歌声缭绕于耳边，久久不去。吴炯烨，工作在白云矿区宣传部。平常，他其实算是个较为沉默的人，话不多，开口时总是面带笑容。但是，只要是一提及白云，他的话就会多起来，滔滔不绝。每每，我都仔细聆听，在这些话语中，我感受着那浓浓的情、深深的爱。我想，就是像他一样的白云人，才唤醒了沉睡的大漠！

在这里，我把珍贵的祝福敬献给白云人，把珍贵的祝福敬献给珍贵——稀土矿！

我把祝福的哈达献给我的好朋友吴炯烨，献给他热爱的家乡，他爱着的所有。愿我的祝福，绵绵不竭，滋养着我们的情谊，滋养着我们共同关注着的草原。

石拐，是包头市最年轻的城区，也是包头市最老的矿区。

由于矿山采掘造成的地质灾害，人们生活的环境很恶劣，近些年来，民居的改建已经是很具规模。

石拐位于大青山腹地，与九原区、土默特右旗、固阳县毗邻。

石拐石拐，十次倒有九次拐。脚下的路，带着我们去往五当召方向。山路崎岖，像一条长蛇，沿着山谷无穷无尽地盘旋而入，几乎不曾伸直过。这里路况却很好，两边是低矮的山峦和干燥的河床。

路边偶尔看见的人家，低矮的院墙和茂盛的树木，有些树枝横斜，几乎能碰到车顶。这里植被稀疏，土壤多呈褐红色，偶有不是很大面积的庄稼地掠过。

湿润的空气过滤了尘埃，只留下草香味。

“五当”是蒙古语，汉语译为“柳树”。越走近五当召，庄严的气势越凝重。五当召规模之大，是出乎我的意料的。

在内蒙古，很多召庙是藏传佛教。而五当召，却是内蒙古地区唯一一个纯藏式寺庙。

五当召建于清康熙年间，乾隆年间进行重修。寺庙的建筑都是藏式建筑风格，据说，当年修建时，是模仿西藏扎什伦布寺的建筑风格。经过多年的扩建，五当召有僧房二千多间，占地面积达三百余亩。规模之大，被列为四大名寺之一。

五当召共有三个名字，藏名叫“白莲花寺”，蒙名叫“五当召”，汉名为“广觉寺”。现在，屹立在山峦中的寺庙，气势不减当年之浩大。

白莲花寺，藏语称“巴达嘎尔庙”，“巴达噶尔”汉语译为“白莲花”。关于这个名称，有一个传说。

据说，第一世活佛——罗布桑加拉措，选址建庙，发现这个地方在老柳古树及溪水清流的陪衬下，别具风韵。峰峦叠翠，绿柳满沟，飞泉激冽，野花飘香，粉色及白色的莲花亲吻着碧绿的湖水，景色绝佳。活佛曾经轻轻地踏着硕大的莲叶，俯身摘取一朵美丽的白莲花，一边走一边欣赏，不留神，莲花掉在了地上，一动不动。他掏出手帕，擦掉了落在白莲花上的泥土，便决定留在这里建召，并取名“巴达噶尔庙”，意为白莲花。

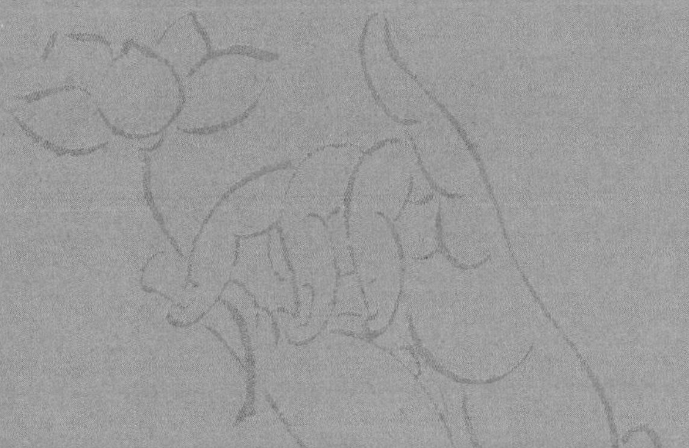

五当召，是内蒙古地区有名的学问寺，为了弘扬佛法，专门设有喇嘛们学习经典、研究佛学的学塾。据蒙古族著名佛教史家——达摩陀罗所著《白莲念珠》记载，“五当召的经学最为有名，到 19 世纪末时，本召僧侣仍有八百余名”。

寺庙，尤其是藏传寺庙，总是雷同的。但是，在我看来，与其说五当召是一座寺庙，不如说它是一个博物馆。蕴藏的文化与历史，更像一本立体的书籍，厚重深远。我只一游，能读到其中几许？

哈斯喇嘛，是我在第二层台阶上留恋时认识的。也许是我的徘徊举动引起了他的注意，操着一口生硬的汉语他问我检票了没有。在他转身时，同行的朋友用蒙古语问他：“你是蒙古人吗？”因为是藏式佛教，我本以为他是藏族人。他用蒙古语流利地说：“我是！”边说边走了过来，于是，僧俗便在台阶上开始聊天。

哈斯喇嘛今年38岁了，朱红色的袈裟内，裹着伟岸的身躯，他很强壮。

哈斯喇嘛的家是察哈尔右翼后旗白音查干，17岁入五当召学习3年，后又在乌素图佛学校学习3年，学成返回五当召，修行至今已21年。

我注意到他手腕上璀璨的佛珠，他主动褪下给我看。这是一串玉石、蜜蜡、翡翠串成的念珠，价值很高。他说是朋友托他佩戴一年，期满后再由大喇嘛“加持”才得圆满。这让我很是羡慕他的那位朋友，据说，高僧讲经，顽石都会点头，更何况灵玉智宝。

同伴在喊我，我建议给哈斯喇嘛拍张照片，他很认真地站好，等我拍完，互相行礼致意，送别。

当我沐浴了草原的广阔，领略了蒙古人的豪放，在蓝天下看过浮动的白云之后，又站在佛像前时，要说的话，可否是从前的话语？

我无语，只燃一炷香。

土默特右旗，政府所在地萨拉齐镇。位于包头市区东部，南临黄河。土默特右旗，大面积是平原，境内水资源丰富，其中有美岱沟等多条季节河。由于地理特点，土默特右旗是内蒙古重要的产粮基地，随着农业生产结构的调整，近年来，这里的工业、农业产业化等也初具规模。

这块富饶的土地，从古至今，养育了许多优秀儿女。

巍巍大青山，悠悠土默川

建于 1992 年 6 月

建设者:土右旗人民政府

塑像高度:像高 1.3 米,底座 1.7 米,共计 3 米

原自治区主席布赫题词:“觉醒点”,缅怀斯诺先生。

这是塑像在我面前时我看到的文字。塑像坐落于土默特右旗萨拉齐镇大北街小游园内。

美国记者埃德加·斯诺和新西兰友人路易·艾黎于民国 18 年（1929 年）夏，同车来到了萨拉齐。斯诺考察、报导了萨拉齐地区遭受天灾人祸的悲惨情景，称此行为他一生的觉醒点。

艾黎参加实际救灾活动。1930 年，艾黎重访萨拉齐县，在武装人员的保护下，参观了民生渠、五当召。

1985 年 7 月 21 日，全国人大常委会委员长黄华、斯诺夫人络伊斯·斯诺、斯诺的女婿彼得·恩泰尔、新西兰友人路易·艾黎、《中国建设报》总编辑爱斯坦、美国友人韩丁、《经济日报》总编辑安岗、内蒙古自治区人大常委会副主任李文等，参加中国三 S 研究会和中国国际报告文学研究会举办的“纪念斯诺诞辰 80 周年学术讨论会”的近百名代表，莅临土默特右旗参观访问，斯诺夫人被聘为土默特右旗医院名誉院长。

为了纪念这位国际友人，人们建此塑像。

土默特右旗，北部为连绵起伏的大青山中、西段山地，大青山主峰九峰山就坐落在东北部，南部为开阔平坦的土默川平原。

土默特右旗的土壤，富含种类很多的有机质，所以适宜很多种类的植物生长。于是，便富丽了这片土地的风采。秀美的土壤里，养育着秀美的人，这秀美的人们，爱着这秀美的家园。

依山傍水的风光,跳动着的水帘,敲响了这美丽如画的诗篇,灵动了,鲜活了。

寄托一生的梦想,感动一生的情怀,执着一生的信念……

在包头市东，大约 80 公里处，土默特右旗境内的土默川平原上，有一座城堡寺庙，名为“美岱召”。

我不知道这名字的含义，带着神奇，行驶在包头到呼和浩特的高速公路上，美岱召就在这条公路的一个出口处。青灰色的琉璃瓦屋顶，是首先映入我视线的，古色古香，使我的眼睛难以离开。

一进门，就看见两棵高大的松树，人们称为“雌雄树”。雌树每年会结很多的松树塔，雄树结的松树塔会少很多。

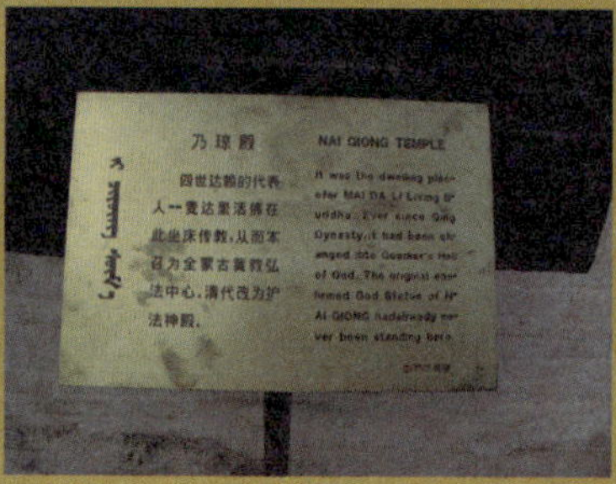

树下面坐着几个乘凉的人，悠闲地摇着扇子。院子里很安静，我放轻脚步，跟在导游后面，仔细听着她的讲解，一边四处观望着。

美岱召，关于它的得名，是因为当年有一位活佛，从西藏而来，在这里坐床、讲经颂佛，活佛名字叫“迈达里”，后来人们就把这里叫美岱召，是音译得名的。

美岱召，建于明代中期，明朝嘉靖44年(1565年)，扩建为蒙古金国都城。明隆庆5年(1571年)，成吉思汗的第十七世孙阿勒坦汗，被明朝廷封为顺义王，阿勒坦汗统领蒙古土默特各部居住在此。

美岱召，清乾隆赐名“寿灵寺”。

明朝万历 11 年(1583 年),三世达赖喇嘛索南嘉措到达蒙古地区,为已经去世三年的阿勒坦汗按佛教仪式重新举办葬礼。

不久，索南嘉措因积劳成疾，在蒙古地区病逝。阿勒坦汗的孙子苏木尔台吉之子云丹加措，被指认为三世达赖喇嘛的转生，即达赖四世。云丹加措，是历代达赖喇嘛中唯一的一位蒙古族人。

明朝万历30年（1602年），14岁的达赖四世，应西藏僧界之请，到西藏哲蚌寺坐床。

后来，迈达里活佛被派到内蒙古掌教，迈达里活佛曾在灵觉寺坐床，并为弥勒佛像主持开光仪式。

美岱召，是一座城堡、寺庙和邸宅功能兼具的建筑，总体平面布局为不规则的正方形，四周筑有高厚的城墙，墙体都是用黄土夯筑，内外表层拿石块砌筑，有5米多高，底宽4米，顶宽2米，南北长195米，东西宽185米，总面积约4万平方米。

正门为南城门，城墙四角筑有重檐角楼。召内殿宇楼阁，各种不同时期的建筑错落有致，有大雄宝殿、玻璃殿、乃春殿、佛爷殿、八角庙、西万佛殿、东万佛殿、达赖庙、太后庙等，富丽堂皇，雄伟壮观。

大雄宝殿坐落在城南部，正面迎门，是城寺中最宏伟、最大的建筑。殿内二十多米高的金柱一贯到顶，柱上盘着用沥粉贴金绘制的五爪盘龙，形态生动，栩栩如生。

殿内四周的壁画，从一米多高处直到天花，场面宏大纷繁，构图丰满，造型生动，工艺精美，具有很浓厚的蒙古族艺术风格。我驻足于壁画之前，依旧浓艳的色彩，使得我浮想联翩。壁画中记录了很多现实与佛教的事情，人物仿佛在我眼前是动态的，眉目间似乎传递着一份情绪，感染着我，恍惚着我的心。我再一次跨越时空，仿佛在久远中飞翔，我的身体也似乎变得轮廓不清，轻盈的身躯如同我轻盈的灵魂。

西壁下方，是一组供养人的群像，他们都身着明清时期的蒙古服饰，手中持念珠等宗教器物，表情谦恭，一心礼佛。北侧有一位头戴皮沿帽、身着皮领对襟袍服的老夫人，颜面丰满，体态雍容，端坐在木几上，两旁有两位喇嘛侍立。据说，这位老夫人就是三娘子，她的右边一位丰髯蒙古族贵族是三代顺义王扯力克。

三娘子，是阿勒坦汗的第三位夫人。

阿勒坦汗，是明代嘉靖年间崛起于阴山之南的蒙古土默特部一位杰出首领。他的祖父是继成吉思汗、忽必烈汗之后曾一度统一大漠南北的名声赫赫的达延汗。

阿勒坦汗在位期间，先统领了十二土默特，以土默川一带为政治中心，西征青海，东进辽东，统一了大部分蒙古各部，在蒙古族历史上做出了重大贡献。

作为明末蒙古族杰出的政治家，阿勒坦汗在他的一生中，成就非凡，造福了这一方水土的人们。他开放了“贡市”，促进蒙古地区和中原地区的联系；促进了蒙古地区农牧业经济和社会的繁荣发展；推广喇嘛教在蒙古地区的传播等等。

这位杰出的人，葬在眼前高高的山上，我仰望着那远处一点点的白塔，竟然如同一颗珍珠镶嵌在青山之巅。

三娘子不但貌美如花，还足智多谋，辅佐阿勒坦汗实施了很多提高人们生活水平的事情，边境和平了，人们生活安定了，这位功高的老人却离人们远去了。

在山巅中，可否还有一双你关切的眼眸？可否还有你祝福的叮咛？物是人非，我只能从文字间感受这点滴情愫，从青山碧水间，聆听远去的声音。

我望向远处，用目光爱抚着这山峦重叠。低飞的鸟儿，传递着情思，留恋于山峦之间。当风儿拂面时，可否还是当时拂过的风儿？

包头，我来了，又走了；我笑了，又哭了；我的心情坏了，又好了。这个多元素的城市，纠结着我的百般思绪，我百般的思绪，凝聚于这个城市的每一个角落。一条街道、一片天空、一个小巷、一首曲调、一句话语、一处幽静，一呼一吸间，徜徉了我的身心。

后记

等到风景都看透，我便愿停下来看细水长流。

年复一年，似乎在等候，等候一种领悟。幸运的是，我在这娉婷之间，在这山水之间，在这广阔之间，感受到了这是一种领悟的等待，今生，可否有缘遇上？

山一程，水一程，身向逾关那畔行，夜深千帐灯。

风一更，雪一更，聒碎乡心梦不成，故园无此声。

包头是我家，

天天在变化，

多姿多彩的花园城，

景色美如画。

包头是我家，

包头是我家……

图书在版编目(CIP)数据

黄河之滨包头 / 姜苇著;尚永强摄.—呼和浩特:内蒙古人民出版社,2013.6

(让世界近看内蒙古 / 石玉平主编)

ISBN 978-7-204-12265-3

Ⅰ.①黄… Ⅱ.①姜…②尚… Ⅲ.①游记—作品集—中国—当代 Ⅳ.①I267.4

中国版本图书馆 CIP 数据核字(2013)第 134388 号

让世界近看内蒙古——黄河之滨包头

主　　编　石玉平
摄　　影　尚永强
著　　　　姜　苇
责任编辑　侯海燕　尚永强
装帧设计　鄂春芬
出版发行　内蒙古出版集团　内蒙古人民出版社
地　　址　呼和浩特市新城区新华大街祥泰大厦
印　　刷　内蒙古爱信达教育印务有限责任公司
开　　本　787×1092　1/16
印　　张　17
字　　数　100 千
版　　次　2013 年 7 月第 1 版
印　　次　2013 年 7 月第 1 次印刷
印　　数　1-3000 册
标准书号　ISBN 978-7-204-12265-3 / I·2440
定　　价　58.00 元

如出现印装质量问题,请与我社联系。
联系电话:(0471)4971562　4971659
网址:http: // www.nmgrmcbs.com